Texte et illustrations :
Marisol Sarrazin

Pépé, Flox
et les chaussettes

À PAS DE LOUP

Niveau

2

Je sais déjà lire

D1531127

À pas de loup avec liens Internet

www.dominiqueetcompagnie.com/pedagogie

ouvre la porte à une foule d'activités pour les enfants, les parents et les enseignants. Un véritable complément à l'apprentissage de la lecture !

Catalogage avant publication de la Bibliothèque nationale du Canada

Sarrazin, Marisol, 1965-
Pépé, Flox et les chaussettes
(À pas de loup. Niveau 2, Je sais déjà lire)
Pour enfants.

ISBN 2-89512-425-6

I. Titre. II. Collection.

PS8587.A384P46 2004 jC843'.54 C2004-940900-X
PS9587.A384P46 2004

Directrice de collection : Lucie Papineau
Direction artistique et graphisme :
Primeau & Barey
Dépôt légal : 1er trimestre 1999
Bibliothèque nationale du Québec
Bibliothèque nationale du Canada

Dominique et compagnie
300, rue Arran, Saint-Lambert
(Québec) Canada J4R 1K5
Téléphone : (514) 875-0327
Télécopieur : (450) 672-5448
Courriel : dominiqueetcie@editionsheritage.com
Site Internet : www.dominiqueetcompagnie.com

Imprimé au Canada

10 9 8 7 6 5 4 3

Nous remercions le Conseil des Arts du Canada de l'aide accordée à notre programme de publication.

Nous reconnaissons l'aide financière du gouvernement du Canada par l'entremise du Programme d'aide au développement de l'industrie de l'édition (PADIÉ) pour nos activités d'édition.

Nous reconnaissons l'aide financière du gouvernement du Québec par l'entremise du Programme de crédit d'impôt pour l'édition de livres – SODEC – et du Programme d'aide aux entreprises du livre et de l'édition spécialisée.

À Pierre et Ginette,
qui m'ont transmis
l'amour des livres.

Bonjour !
Je m'appelle Flox.
Et voici Thomas, mon maître.

Lui, c'est Pépé Sait-tout-tout.
C'est aussi mon grand-père !
Grâce à lui, un jour
je serai un bon, un beau, un vrai...
petit chien parfait.

C'est normal, Pépé sait tout, tout.
Il passe son temps à m'expliquer des choses.
Ce matin, c'était « les dents ».
Il s'est raclé la gorge en disant :

Flox, mon petit Flox,
tu sais combien les dents c'est important.
Il faut les soigner et ton vieux Pépé
va te dire exactement comment.

D'abord choisir une chaussette...

Ni trop petite, ni trop grande,
ni trop propre, ni trop sale.
Toujours en laine, pour ton haleine,
jamais en nylon, ça donne des boutons !

Pour la trouver, vive le panier.
C'est un trésor, une vraie mine d'or...

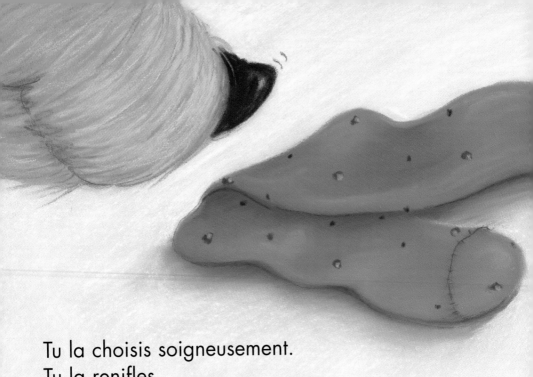

Tu la choisis soigneusement.
Tu la renifles,
tu la tripotes,
puis tu la serres entre tes dents.

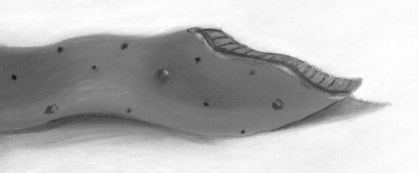

Ensuite, tu la secoues vigoureusement.

Fu la fecoues figoureusement.

Tu la mâchouilles, tu l'écrabouilles, tu la chatouilles,
tu la déchires, tu la respires et puis l'étires...

Finalement, tu la caches au fond du jardin !

Flox, mon cher petit,
ce n'est pas fini...
Tu dois aussi chercher un soulier.

Ni trop raide, ni trop mou,
ni trop vieux, ni trop neuf.
Toujours en cuir, ton poil va reluire,
jamais d'espadrilles, ça sent le gorille !

Pour le trouver, vive la chambre à coucher.
C'est un trésor, une vraie mine d'or...

Tu le prends délicatement.
Tu le renifles,
tu le lèches,
tu le grignotes avec tes dents.

Ensuite, tu le mordilles vigoureusement.

Fu le morvilles figoureusement.

Tu le croques, tu le tords, tu le dévores,
tu le fouettes, tu l'émiettes et puis le déchiquettes...

Finalement, tu le caches au fond du jardin !

Et maintenant, mon petit Flox,
après la chaussette et le soulier,
n'oublie jamais le jouet !

Ni trop lourd, ni trop léger,
ni trop beau, ni trop laid.
Toujours en plastique pour la gymnastique,
jamais en fer, trop dur pour les molaires !

Pour le trouver, vive le grenier.
C'est un trésor, une vraie mine d'or...

Tu l'emportes discrètement.
Tu le renifles,
tu le goûtes,
tu le mastiques entre tes dents.

Ensuite, tu le mâchouilles vigoureusement.

Fu le mâfouilles figoureusement.

Tu le plies, tu l'aplatis, tu le démolis,
tu le décapsules, tu le bouscules
et puis le démantibules…

Finalement, tu l'enterres six pieds sous terre!

Les leçons sont terminées pour aujourd'hui.

Merci, Pépé Sait-tout-tout !
Grâce à toi, je suis maintenant
un bon, un beau, un vrai
petit chien parfait
avec de vraies dents de loup !

J'espère que Thomas sera fier de moi !